Kachiru Ishizue

1

EIN
UNMORALISCHES
HAUS

INHALT

Kapitel
1

STELLA...

SELT-
SAMER
TYP...

STERN...
WENN ICH
NICHT IRRE
...

WIE
ICH MICH
FÜHLE
...?

NEIN, ICH
HABE KEINE
SCHMERZEN.

NACH DEM
TOD MEINER
ÄLTEREN
SCHWESTER
FAND ICH
MICH ALLEIN
UND MITTEL-
LOS WIEDER.

MERK-
WÜRDIGER
NAME.

WIE FÜHLST
DU DICH? IR-
GENDWELCHE
SCHMERZEN?

MEIN
NAME
IST NICHT
MERK-
WÜRDIG!

DESHALB
WAR ICH
AUF DEM
WEG ZU
EINEM AN-
WESEN...

IST
DAS...

... DAS
EINE ANSTEL-
LUNG FÜR EIN
HAUSMÄDCHEN
AUSGESCHRIE-
BEN HATTE.

... HIER
DAS ANWESEN
DER RIESEN-
DETTERS?

BITTE...

... LASS
MICH HIER
ARBEITEN!

TRAPP
TRAPP

TRAPP

NICHT
TRÖDELN,
JA?

JAWOHL!

AUCH WENN ICH DAS VOR-GESEHENE ANWESEN NIE ERREICHT HABE...

IMMERHIN HABE ICH EINE ARBEIT GEFUNDEN.

WAS...?

KVACK

KVACK

WEIL SIE DIESEM HAUSE ZU NAH GEKOMMEN IST.

OH...!

ABER...

... WARUM DIE KUTSCHE WOHL ENTZWEI-GEBROCHEN SEIN MAG...?

... ERWACHT DIE BEGIERDE.

IN EINER DRÜCKENDEN, ROTEN VOLL-MONDNACHT WIE DER LETZTEN...

DU HATTEST GLÜCK.

HÄTTEN WIR DICH NICHT GE-FUNDEN, WÄRST DU VIELLEICHT ZERFLEISCHT WORDEN, STELLA.

NIMM DICH IN ACHT.

DEIN DUFT IST EINFACH ZU BETÖREND, STELLA...

DIE DORNEN HÄTTEN SICH IN DEINE ZART WEISSE HAUT GEBOHRT...

... UND DEIN BLUT HÄTTE DIE ROSEN ROT GEFÄRBT.

BEI LEBENDIGEM LEIB HÄTTEN SIE DICH AUS-GESAUGT.

KÖNNT IHR DENN HINAUS, OHNE VON DEN ROSEN ANGE-GRIFFEN ZU WERDEN?

ES GIBT UNZÄHLI-GE, DOCH DIE MEISTEN WERDEN NICHT BENUTZT.

DORT SIND DIE EINZELNEN ZIMMER.

ZAAAAASH

DAS IST DAS WOHN-ZIMMER.

DA TREFFEN UND UNTERHALTEN WIR UNS, WOBEI DAS IN LETZ-TER ZEIT KAUM VORKAM.

DES WEITE-REN...

TRAPP

TRAPP

WAS FÜR EIN RIESIGES HAUS...!

... IST ES DIR VERBOTEN, DEN KELLER ZU BETRETEN.

!

FSHHHH

...

JA.

VERSTAN-DEN?

ER IST OHNEHIN AB-GESCHLOSSEN, DU KOMMST ALSO NICHT HINEIN.

ABER LEVI WIRKT, ALS OB ETWAS BEDRÜCKENDES DAHINTERSTECKT.

AUF JEDEM ANWESEN GIBT ES NATÜRLICH RÄUME, DIE NICHT BETRETEN WERDEN SOLLEN...

WARUM WOHL?

ICH BIN NUR DAS HAUSMÄDCHEN.

NEIN! AM BESTEN HALTE ICH MICH DA VÖLLIG RAUS!

ICH BIN NUR HIER, UM DEN HERRSCHAFTEN ZUR HAND ZU GEHEN.

WAS DEIN ZIMMER ANGEHT...

...

STELLA?

ZAAAAA

...

HAT JE-
MAND DAS
ALLES GE-
SCHNITZT?

OH...!

DIESEN
GILBERT
HABE ICH
NOCH GAR
NICHT GE-
TROFFEN.

WO
STECKT
GILBERT?

... BEINAHE
LEBENDIG...

SIE
WIR-
KEN...

OB
ER SIE
GEMACHT
HAT?

KLACK
WIE FINDEST DU MEINE SCHNITZEREIEN?
KLACK
KLACK
DIE TÜR STAND OFFEN.
ICH WAR VON IHNEN WIE VERZAUBERT...
KLACK
GANZ GUT GELUNGEN, NICHT WAHR?
SCHRECK
AH...
KLACK
KLACK
GOLDENES HAAR...
... EINE HAUT WIE ACHAT...
... UND VIOLETTE AUGEN, DIE EINEN AUFZUSAUGEN SCHEINEN.
WUNDERSCHÖN.
DU WÜRDEST AUCH EINE PRÄCHTIGE SCHNITZEREI ABGEBEN.

LEVI!

BELÄSTIGE SIE NICHT WEITER!

WHOFF

...LEVI!

NG...

MISCH DICH NICHT IMMER EIN...

TU BLOSS NICHT SO, ALS HÄTTEST DU EINE WEISSE WESTE!

ALS OB DU SIE NICHT BEGEHRST!

FRÜHER ODER SPÄTER WIRD DAS MÄDCHEN...

...

RUMMS

WHOCK

AH...?

GILBERT...

HALT
EINFACH
DEN MUND.

HERR
LEVI... SEIN
HALS...

SEIN HALS
...

D...DAS
KANN
NICHT
SEIN!

HAH

IN ORDNUNG?
WIRKLICH?

SEIN
HALS...

ER
LEBT?

KEINE
SORGE.

WIE KANN
ER DENN MIT
DIESEM HALS
NOCH AM LE-
BEN SEIN?

ALLES IN
ORDNUNG.

WAS
HATTE
GILBERT...

ICH
BITTE
UM VER-
ZEIHUNG
FÜR DEN
SCHRECK.

GILBERT
WIRD SICH
NACH DER
KLEINEN ZU-
RECHTWEISUNG
AUCH WIEDER
BERUHIGEN.

... DENN
NUR MIT
MIR VOR?

J...JA...

EIN LECKERBISSEN!

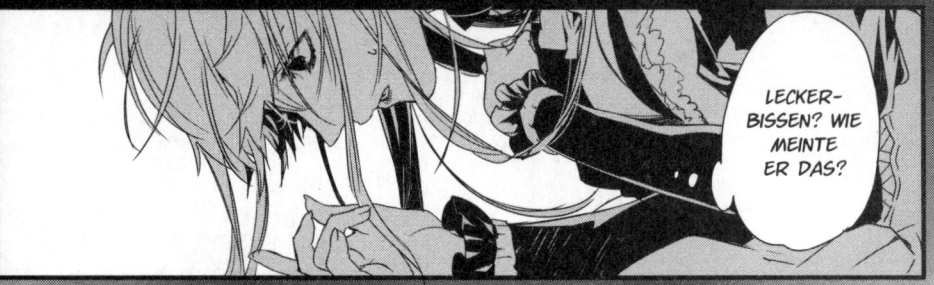

LECKER-
BISSEN? WIE
MEINTE
ER DAS?

HATTEST
DU ANGST?
DU ÄRMSTE.

DU
SOLLTEST
WIRKLICH
AUFPAS-
SEN...

DEINE
SCHNEEWEISSE
HAUT SIEHT
KÖSTLICH
AUS.

DU
DUFTEST
EINFACH
WUNDERVOLL!

Kapitel 1 – Ende

Kapitel
2

BITTE NIMM DEINEN KLEINEN HINTERN RUNTER...

SO KANN ICH DEN TISCH ABER NICHT ABWISCHEN.

DIE KUTSCHE, IN DER ICH GESESSEN HATTE... ... WAR IM ROSENWALD VERUNGLÜCKT.

GLÜCKLICHERWEISE WURDE ICH GERETTET UND FAND IN DIESEM HAUS UNTERSCHLUPF.

... LEVI!

LEVI?

WAS FÄLLT DIR EIN, SO MIT DEINEM HERRN ZU REDEN?

Außerdem ist es schlechtes Benehmen.

WENN DU WEITER SO FÖRMLICH BIST...

... MAG STELLA DICH NICHT MEHR.

D...DAS IST NICHT WAHR...

NEIN.

DAS HIER IST KEIN SPIEL.

KLAPP

...

ICH GEH AUF MEIN ZIMMER.

TAPP

TAPP

TAPP

LEVI...

ABER LANGSAM...

NICK

ICH GEH DANN MAL.

... JAGT MIR SOGAR DER NETTE FIEDRICH ANGST EIN...

VIELLEICHT BIN ICH EINFACH NUR ZU EMPFINDLICH...

KLANG

?

IST WAS?

NANU?

NEIN...

MEINE FINGER...

SIE FÜHLTEN SICH FÜR EINEN MOMENT GANZ TAUB AN...

ODER BILDE ICH MIR DAS NUR EIN...?

IN DIESEM HAUS HÄNGEN VIELE BILDER DESSELBEN MALERS...

ABER KEINS IST AUS DER GEGEN-WART.

AUS WELCHER ZEIT SIE WOHL STAMMEN?

DAS IST DOCH DER KIRCHTURM VON RO-MANNA!

AH!

WAS RIECHT DENN HIER SO?

MEDI-ZIN?

ALS OB ICH SO WAS TRINKEN WÜRDE...

ICH WOLLTE DIR EINEN TEE KO-CHEN...

ABER AUSSER EIN PAAR KRÄUTERN AUS DEM GARTEN HABE ICH KEINE ZUTATEN DAFÜR GEFUNDEN.

!

DANKE.

ER HAT SICH BE-DANKT!

ZITRO-
NENVERBENE UND
KAMILLE!

WAS
IST DAS?
SCHMECKT
SCHEUSS-
LICH!

WIE
KANN
MAN SO
WAS NUR
TRIN-
KEN...

UND...
WAS IST
DAS?

DER
TEE HILFT
DABEI,
RUHE UND
ENTSPAN-
NUNG ZU
FINDEN.

GRAS?

KRÄU-
TER!

ICH
FÜHL MICH
WIRKLICH
EIN WENIG
BESSER.

DAS
WÄR
MIR
NEU.

HAH

MEINE
SCHWESTER
MEINTE IMMER,
WER GEMEINE
SACHEN SAGT,
IST IN WIRK-
LICHKEIT TIEF IN
SEINEM HERZEN
ERSCHÖPFT.

DU BIST
IMMER SO
MÜRRISCH,
LEVI.

SNIFF

!

STELLA...

HAST DU DICH...

... IRGENDWO VERLETZT?

WAS?

SLUP
W... WAS?
LEVI...
WAS SOLL DAS...?
MWUP
SEINE ZUNGE...
AH...
LEVI, DAS...
DAS IST NICHT NÖTIG!
ICH KANN AUCH EIN-FACH EINEN VERBAND...

DAS MÄDCHEN SOLLTE DURCH DAS GIFT DER DORNEN
EIGENTLICH IN EINEN TIEFEN SCHLAF FALLEN.

... IN JE-
NER NACHT
PLÖTZLICH
DIE AUGEN
GEÖFF-
NET?

MEHR
...!

DOCH
WARUM
HAST
DU...

WARUM
BIST DU
IN DIESER
GESTALT
VOR MIR
ERSCHIENEN?

WARUM
HAST DU
NICHT EINFACH
WEITERGE-
SCHLAFEN?

WARUM...

ICH BE-
ENDE ES
LIEBER
SCHNELL.

GYUP

LEVI...

DANN
HÄTTE ICH
DIESEN
KUSS...

... NICHT
HINAUS-
ZÖGERN
MÜSSEN.

Kapitel 2 – Ende

FIED-
RICH...

... MÖCHTE
SO GERN IN
DIE STADT
GEHEN!

!

ICH...

ALSO,
ICH...

SEIT
ICH HIER
BIN...

LEVI
WÜRDE
SICHER
NEIN SA-
GEN, WENN
ICH IHN
FRAGE...

Ach
so.
Ja.

WHOP
WHOP
WHOP

MIT
MIR?

... HAB ICH
DAS HAUS
NOCH KEIN
EINZIGES MAL
VERLASSEN.

SIE IST WIRKLICH STARR WIE STEIN.
KEIN LEBENDER MENSCH KÖNNTE IN DIESEN ZUSTAND GERATEN.
ABER...
WAS MACHT SIE DENN HIER?
DAS IST DOCH DIE KAMMER FÜR LEBENSMITTEL!
WÄRE EINE PUPPE NICHT BESSER IM LAGER...
KRATZER AN DER INNENSEITE...
... DES DECKELS...?

DACHTEST DU, ES WÄRE EIN MENSCH?

DU BIST SÜSS, WENN DU ÄNGST-LICH GUCKST, STELLA.

NATÜR-LICH...

... IST DAS...

... EINE PUPPE.

GEHEN WIR INS HAUS ZURÜCK.

SO ETWAS IST DOCH GAR NICHT MÖGLICH.

ICH WILL GLAUBEN, DASS ES EINE HOLZ-PUPPE IST.

JA.

ANDERN-
FALLS...

... WARE DAS MÄDCHEN...

... GANZ ALLEIN...

... IN DIESER ENGEN KISTE MIT ANGE-ZOGENEN BEINEN...

... UNBE-MERKT VON UNS ALLEN...

WÄRE DAS MÄDCHEN DORT DRIN WIRKLICH AUF DIESE WEISE GESTORBEN...

DAS WÄRE EINFACH ZU GRAUSAM!

GUUP

ICH MAG ES MIR GAR NICHT AUSMALEN.

DAS WÄRE EINFACH UNVERZEIHLICH...

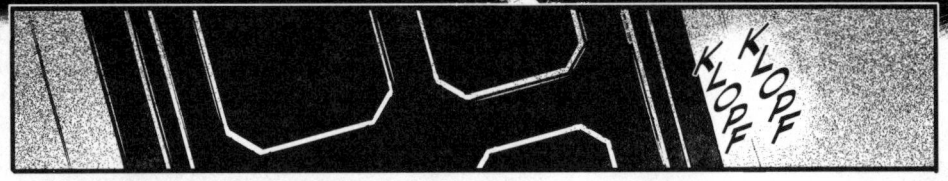

KVOPF
KVOPF

...

ZZT

STELLA...

ES IST ZU GEFÄHRLICH HIER. DU SOLLTEST WIEDER IN DEIN ZIMMER GEHEN.

STELLA!

Kapitel 3 – Ende

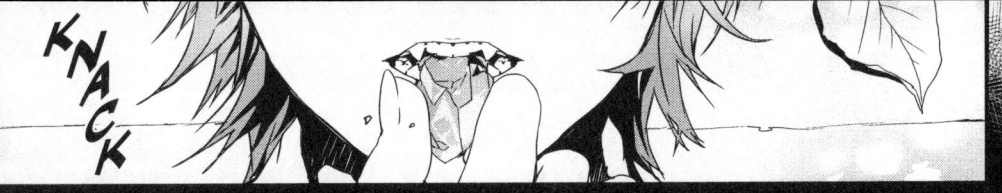

KNACK

KRRK... KRRK, KRRK...

KRRK...

Kapitel 4

Kapitel
4

NICHTS MEHR ZU SEHEN.

DABEI HAT MEINE HAND DRAUSSEN IM DORNENWALD...

... IM MOND-SCHEIN WIE EIN KRISTALL GEFUNKELT...!

MEINE FINGER KRIBBELN, ABER ICH KANN SIE GANZ NORMAL BEWEGEN.

MERK-WÜRDIG...

WANN HAT JENER TRAUM...

... EIGENTLICH AUFGEHÖRT?

WAS IST ÜBERHAUPT TRAUM...

EIGENTLICH...

... UND WAS IST WIRKLICHKEIT?

... GIBT ES NIEMANDEN, DER AUF MICH AUSSERHALB DES DORNENWALDES WARTET, SELBST WENN ICH HINAUSKOMMEN SOLLTE.

ICH HAB ANGST, DANACH ZU FRAGEN...

FIEDRICH HAT RECHT. SO SCHLECHT IST ES HIER GAR NICHT.

ALSO WAR...

ICH MUSS...

... DANKBAR SEIN, DASS SIE MICH AUF-GENOMMEN HABEN.

... ALLES EIN TRAUM.

DER GEDANKE LÄSST MICH DURCHHAL-TEN.

ALLES...

ALLES...

ALLES...

... NUR EIN TRAUM?

DABEI HÄLT ER MICH SONST SO AUF DISTANZ UND IST GEMEIN.

GEMEIN...

ABER...

LEVI...

WARUM HAT ER MICH IN DEN ARM GENOMMEN?

»ICH WILL NICHT, DASS DU DICH MEINETWEGEN VERLETZT.«

ÜBER SEINE VERSTOHLENEN BLICKE FREUE ICH MICH IMMER.

»BELÄSTIGE SIE NICHT WEITER!«

... ALS ICH ANGST HATTE, WAR ER ES, DER FÜR MICH DA WAR.

... IN WAHRHEIT...

... IST LEVI...

HAH

AUCH WENN ER ES HINTER SEINER KÜHLEN FASSADE VERSTECKT...

GANZ RUHIG... GANZ RUHIG!

ES... ES IST NICHTS ZWISCHEN UNS PAS- SIERT... ODER?

WAAAH

L...

...

BEINAHE WIE EIN KUNST- WERK...

SO AUS DER NÄHE...

... SIEHT ER WUN- DERSCHÖN AUS...

BDUM

BDUM

BDUM

BDUM

BDUM

ABER WOVOR DENN...?

IN DER NACHT...

VIEL-LEICHT...

... HAB ICH MICH JA AUCH GE-FÜRCHTET.

ALS WÄRE ETWAS FALSCH DARAN...

... DAS UN-VERZICHTBARE HERZUSTELLEN.

ICH WOLLTE DICH FEST-HALTEN.

... SCHIENST DU BEINAHE ZU VERSCHWINDEN, STELLA.

ALS WÜRDEST DU DICH IN DIE MONDNACHT AUFLÖSEN.

LEVI...

BIN ICH DENN WIRK-LICH WACH?

DAFÜR MUSS ICH WOHL BEI-ZEITEN...

... UM VERGE-BUNG BITTEN.

ALSO BITTE, MACH NICHT SO EIN GESICHT.

ICH BIN HIER.

SEIN SENTI-MENTALES LÄCHELN...

SELBST WENN ICH EINES TAGES STERBE...

... WERDE ICH FÜR IMMER IN DIR SEIN.

ALLES VER-
SCHWIMMT,
ALS WÄRE
ES...

SELT-
SAM.

...IN
LIEBLICHEN
HONIG GE-
TAUCHT.

DER
SCHMERZ
VER-
SCHWIN-
DET AUS
MEINEN
FINGER-
SPITZEN.

ACH...

DIE,
LIPPEN,
DIE MICH
JEDE
NACHT...

... IM
TRAUM
GEKÜSST
HABEN...

MHH

DU MUSST ECHT AM VERHUNGERN SEIN, WENN DU SOGAR MICH BEISST.

GIB MIR BLUT... BITTE...

KEINE SORGE.

RICHTIG.

...

HAH

YOEL...?

ISS DAS!

LASS MICH RAUS...

...

AH...

KNACK

KNACK

HM... ICH HÖRE NUR DAS RAUSCHEN DES WINDES.

OHNE DEN NEBEL ERKENNT MAN IN DER FERNE DIE STADT.

MANCHMAL TRÄGT DER WIND SOGAR IHRE GERÄUSCHE HIERHER, SAGT ER.

WHUH

KÜCHER

URG...

WAS AUCH IMMER ER KOSTET, ER VERZIEHT DAS GESICHT.

UND HEIMLICH...

DU MUSST ES NICHT TRINKEN!

... TAUSCHEN WIR KÜSSE AUS...

Kapitel 5

ICH HOFFE SO SEHR, DASS ER FÜHLT WIE ICH.

DASS WIR DASSELBE EMPFINDEN...

ICH HABE IHN NOCH NICHT DANACH GEFRAGT, WAS DIESE KÜSSE BEDEUTEN.

AM ANFANG HAST DU DICH MIR GEGENÜBER ZIEMLICH KÜHL VERHALTEN.

LEVI...

SOLL ICH DICH JETZT NICHT MEHR »HERR« NENNEN?

WÜR-
DEST DU
DAS DENN
GERN?

N...
NEIN,
GAR
NICHT!

WIR SIND
UNS SO
NAHE GE-
KOMMEN...

... UND
DOCH IST
ER MIR
FERN.

ICH
DACHTE,
ES WÄRE
BESSER SO.

ICH WEISS
ÜBERHAUPT
NICHTS VON
IHM.

...

ICH
WOLLTE
MEIN
HERZ...

... AUF
ABSTAND
HALTEN.

ABER ICH WILL IHM NÄ-HERKOMMEN, STÜCK FÜR STÜCK.

ER UND ICH...

SCHRECK

ZWISCHEN UNS...

... BESTEHT SICHER KEIN SO GROSSER UNTERSCHIED.

HAB ICH IHN ER-SCHRECKT?

IST SPÄT GEWOR- DEN...

GANZ SCHÖN KÜHL HIER.

JETZT ABER SCHNELL IN MEIN ZIMMER.

TAPP

TAPP

WER IST DA?

?

TAPP

!

TAPP
TAPP
Aber wir sind im ersten Stock...!
ALLES IN ORDNUNG, STELLA?
WAS IST PASSIERT?
ICH WEISS NICHT! GILBERT HAT UNS PLÖTZLICH ANGEGRIFFEN...
BIST DU VERLETZT?
ICH NICHT...
ABER YOEL WAR SCHON VERWUNDET, ALS ER AUF MICH ZUKAM...
BIST DU OKAY, YOEL?
JA... ER HAT MICH NUR LEICHT ERWISCHT...
...
BRINGEN WIR IHN IN SEIN ZIMMER.

STELLA...

SCHLAF JETZT...

... JA?

PATT

ICH BIN UNVER-SEHRT...

... WEIL DU MICH BESCHÜTZT HAST!

ABER WAS IST NUR LOS MIT GILBERT?

BEI UNSERER ERSTEN BE-GEGNUNG WAR ER SELTSAM, ABER HEUTE...

EUCH AUCH DANKE, LEVI UND FIEDRICH!

VÖLLIG AUSSER RAND UND BAND!

WÄRT IHR NICHT GEWESEN, WER WEISS, WAS NOCH PASSIERT WÄRE!

UNS MACHT AUCH...

... DAS SONNENLICHT NICHTS AUS.

ABER DIE MAHLZEITEN SIND FÜR UNS BEDEUTUNGS-LOS.

NUR DIE KRISTALLE VERHINDERN, DASS WIR VERHUN-GERN.

DIE KRISTALLE... DIE WUNDER-SCHÖNEN STEINE, DIE IHR IMMER KNABBERT?

JA. LEVI KANN...

... DIESE KRISTALLE AUS BLUT HERSTELLEN.

AUS DEM BLUT VON JUNG-FRAUEN.

WÜRDEN WIR SIE NICHT ESSEN, WÜRDEN WIR DURCHDREHEN.

WIE GILBERT.

DAS BEDEUTET...

LEVI TUT
DAS ALSO
DEN MÄD-
CHEN AN?

IHR
ETWA
AUCH...?

UND MEINE
HAND HAT
IM MOND-
LICHT...

HEISST
DAS...

ES
WIRD
GETROCK-
NET...

... UND
BEWAHRT
UNS DANN
VOR DEM
VERHUN-
GERN.

SO
IST DAS
ALSO...

DESHALB
HABEN SIE MICH
ZU BEGINN ALS
»LECKERBISSEN«
BEZEICHNET...

152

...

UND ALLE MÖGLICHEN KÖRPER-FLÜSSIG-KEITEN.

WENN DAS SO IST...

ES IST ALSO NICHT AUSGESCHLOS-SEN, ODER?

MH

... WERDE ICH EUREN HUNGER STILLEN!

... IST EINE ZU GROSSE HERAUSFORDERUNG DES SCHICKSALS!

ICH WERDE...

... EURE NAHRUNG SEIN!

Kapitel 5 – Ende

Guten Tag! Ich bin Kachiru Ishizue. Vielen Dank, dass Ihr den Manga gelesen habt!

Ich freue mich, wenn's Euch gefallen hat!

Vielen Dank
für die Hilfe!
Machao-sama
Machida-sama
Takahashi-sama

Rosen Blood 1: Ein unmoralisches Haus — Ende

DIE LANGERSEHNTE NEUAUFLAGE!

CARLSEN MANGA PRÄSENTIERT

FRUITS BASKET

NATSUKI TAKAYA

1

Shojo pearls

Das Waisenmädchen Toru Honda schlägt sich tapfer allein durch. Sie campiert heimlich in einem Zelt im Garten ihres letzten lebenden Verwandten. Yuki und den Soma-Clan umgibt ein großes Geheimnis: Die Mitglieder der Familie verwandeln sich, sobald sie von einer Person des anderen Geschlechts umarmt werden, in Tiere aus dem chinesischen Horoskop...

SCHÖNE DOPPELBÄNDE MIT FARBSEITEN-GALERIE & PERLMUTT-COVER

Aya Kanno

Requiem of the Rose King

Über Richard, den dritten Sohn des Hauses York,
schwebt ein böses Omen. Er glaubt, dass ihn ein
Fluch verfolgt und seinen Lieben Unheil bringen
wird. Aber ist es wirklich ein Zauber, der sein Schick-
sal vergiftet? Oder sind es die Intrigen, die die
Kämpfe um die Königskrone in England beherr-
schen, die ihn verdammen...?!

HALT!

ROSEN BLOOD ist ein japanischer Comic.

Weil wir bei Carlsen Manga so original-
getreu wie möglich übernehmen, erscheint auch
ROSEN BLOOD auf Deutsch in der ursprünglichen
Leserichtung. Man muss diesen Comic also »hinten«
aufschlagen und Seite für Seite nach »vorn« weiter-
blättern. Auch die Bilder auf jeder Seite und die
Sprechblasen innerhalb der Bilder werden von
rechts oben nach links unten gelesen.
Das ist gar nicht so schwer!

Viel Spaß mit ROSEN BLOOD !

Carlsen Manga! News – jeden Monat neu per E-Mail!
www.carlsenmanga.de • www.carlsen.de

Wir behalten uns die Nutzung unserer Inhalte für Text- und Data-Mining
im Sinne von § 44b UrhG ausdrücklich vor.

CARLSEN MANGA
© 2021 Carlsen Verlag GmbH, Völckersstraße 14–20, 22765 Hamburg
Aus dem Japanischen von Alexandra Klepper • Rosen Blood Haitoku no Meikan Volume 1
© KACHIRU ISHIZUE 2018 • Originally published in Japan in 2018 by Akita Publishing Co.,Ltd..
German translation rights arranged with Akita Publishing Co.,Ltd. through TOHAN CORPORATION,
Tokyo • Textbearbeitung: Ina Schiele • Redaktion: Britta Hellwig • Herstellung: Björn Liebchen
Alle deutschen Rechte vorbehalten • ISBN: 978-3-551-75527-8

Wir produzieren nachhaltig
- Klimaneutrales Produkt
- Papiere aus nachhaltigen und kontrollierten Quellen
- Hergestellt in Europa

MIX
Papier | Fördert
gute Waldnutzung
FSC® C014496